Analyse de l'œuvre

Par Flore Beaugendre
et Pauline Coullet

Le Comte de Monte-Cristo

d'Alexandre Dumas

lePetitLittéraire.fr

Rendez-vous sur lepetitlitteraire.fr et découvrez :

Plus de 1200 analyses
Claires et synthétiques
Téléchargeables en 30 secondes
À imprimer chez soi

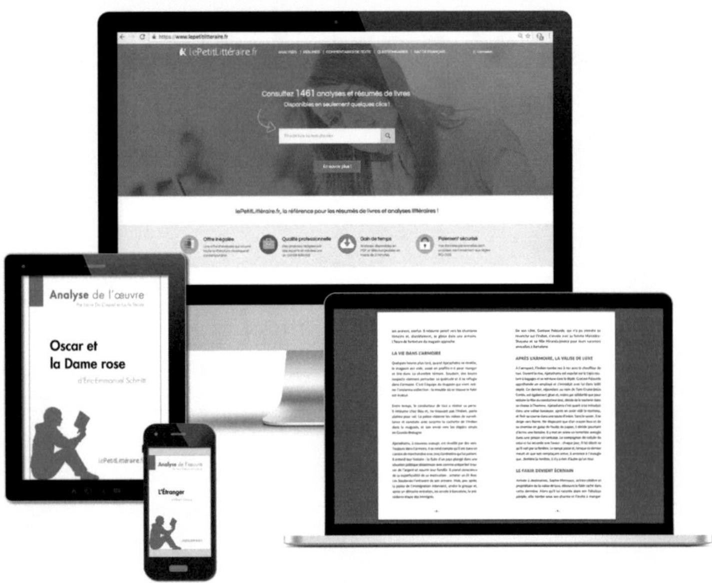

ALEXANDRE DUMAS 1

LE COMTE DE MONTE-CRISTO 2

RÉSUMÉ 3

Chapitres I-V
Chapitres VI-XIII
Chapitres XIV-XX
Chapitres XXI-XXV
Chapitres XXVI-XXX
Chapitres XXI-XXXVIII
Chapitres XXXIX-XLV
Chapitres XLVI-LII
Chapitres LIII-LXI
Chapitres LVII-LXV
Chapitres LXVI-LXXV
Chapitres LXXVI-LXXXIII
Chapitres LXXXIV-XCII
Chapitres XCIII-CIII
Chapitres CIV-CXIII
Chapitres CXIV-CXVII

ÉTUDE DES PERSONNAGES 11

Edmond Dantès
ou le comte de Monte-Cristo
Mercédès
L'abbé Faria
Fernand de Morcerf (Mondego)

Villefort

Danglars

Caderousse

Les Morrel

Haydée

CLÉS DE LECTURE 17

Un roman historique

La justice et ses limites

Une satire
de la haute société française

Un personnage mythique

Le retour à l'humanité

PISTES DE RÉFLEXION 26

POUR ALLER PLUS LOIN 28

ALEXANDRE DUMAS

ÉCRIVAIN FRANÇAIS

- **Né en 1802 à Villers-Cotterêts (France)**
- **Décédé en 1870 à Puys (France)**
- **Quelques-unes de ses œuvres :**
  - *Pauline* (1838), roman
  - *Les Trois Mousquetaires* (1844), roman
  - *La Reine Margot* (1845), roman

Alexandre Dumas, aussi nommé Alexandre Dumas père afin de le distinguer de son fils, est un écrivain français, proche du romantisme. Fils d'un général aux origines afro-antillaises, il commence à travailler dès son plus jeune âge avant de se tourner vers l'écriture. Il rencontre rapidement le succès avec ses vaudevilles et ses drames historiques.

Il est l'auteur d'une œuvre considérable, dont on peut retenir *Henri III et sa cour* (1829) ou encore *Kean ou Désordre et génie* (1836). Mais c'est avec sa série de fresques historiques qu'il passe véritablement à la postérité, notamment avec la trilogie des *Trois Mousquetaires* en 1844 et avec *Le Comte de Monte-Cristo* publié la même année.

LE COMTE DE MONTE-CRISTO

TÉMOIN DE L'HISTOIRE ET SATIRE DE LA SOCIÉTÉ

- **Genre :** roman
- **Édition de référence :** *Le Comte de Monte-Cristo*, Paris, Gallimard, coll. « Folio classique », 2010, 1538 p.
- **1re édition :** 1845
- **Thématiques :** prison, évasion, vengeance, injustice

Alexandre Dumas écrit *Le Comte de Monte-Cristo* en collaboration avec Auguste Maquet (romancier et dramaturge français, 1813-1886). Achevé en 1844, le roman parait d'abord en feuilleton avant d'être publié en volumes entre 1844 et 1846. Inspiré de faits réels, il relate l'histoire d', un jeune homme à qui la vie sourit jusqu'à ce qu'il soit injustement accusé de bonapartisme et emprisonné pendant quatorze ans. Il parvient à s'évader et, une fois devenu riche, il décide de se venger de tous les responsables de son malheur.

Le Comte de Monte-Cristo est une œuvre majeure de la littérature française et a suscité de nombreuses adaptations dans les arts dans le monde entier.

RÉSUMÉ

CHAPITRES I-V

Le Pharaon rentre à Marseille après une escale à l'ile d'Elbe, où le défunt capitaine a chargé son second, Edmond Dantès, de récupérer une lettre à porter à Paris. L'armateur du navire, M. Morrel, a fait de Dantès le nouveau capitaine. Danglars, le comptable superviseur, est jaloux.

Edmond court retrouver sa fiancée Mercédès, qu'il trouve avec Fernand Mondego. Celui-ci est amoureux de la jeune femme, mais Mercédès n'aime qu'Edmond. Fernand est furieux et, lorsqu'il croise Danglars accompagné de Caderousse, un voisin de Dantès, le comptable l'incite à dénoncer Edmond pour bonapartisme (partisan de Napoléon Bonaparte, empereur des Français, 1769-1821). Dantès est dès lors arrêté.

CHAPITRES VI-XIII

Le substitut du procureur du roi, Villefort, s'apprête à libérer le jeune homme lorsqu'il trouve la lettre qu'Edmond est chargé de porter à Paris : elle est adressée à M. Noirtier, le père de Villefort, un bonapartiste. Terrifié par les retombées possibles sur son nom, Villefort envoie Dantès à la prison du château d'If. Il révèle également au roi Louis XVIII (1755-1824) le contenu de la missive, dont l'auteur charge les bonapartistes de se préparer au retour de Napoléon. Mais Villefort arrive trop tard : l'empereur déchu marche déjà sur Paris et parvient à reprendre le pouvoir.

CHAPITRES XIV-XX

Edmond Dantès voit défiler les années sans perspective de procès. Son voisin de cellule, l'abbé Faria, entreprend son éducation spirituelle et intellectuelle. À sa mort, il lui révèle l'existence d'un trésor caché sur l'ile de Monte-Cristo, dont il a hérité et qu'il lègue au jeune homme. Lorsque Faria décède, Dantès prend la place du cadavre du vieil homme sous son linceul. Il est jeté à la mer, après avoir passé quatorze ans en prison.

CHAPITRES XXI-XXV

Dantès nage jusqu'à une ile inhabitée, puis parvient à rejoindre un navire. Il attend l'occasion d'aborder l'ile de Monte-Cristo et y découvre l'immense trésor de l'abbé Faria. Devenu riche, il revient à Marseille et se renseigne ensuite sur son père et sa fiancée. Il apprend que le premier est mort et que la seconde est partie.

CHAPITRES XXVI-XXX

Déguisé en prêtre italien, sous le nom d'abbé Busoni, Dantès se rend chez Caderousse. Se faisant passer pour l'exécuteur testamentaire de Dantès, il explique que le jeune homme souhaitait répartir un diamant entre les cinq êtres qu'il avait aimés : son père, Mercédès, Danglars, Fernand et Caderousse lui-même. Ce dernier dénonce alors les actes de Danglars et de Fernand, et révèle que Mercédès a épousé Fernand. Il évoque aussi la bonté de M. Morrel et ses problèmes financiers. Dantès offre alors anonymement à M. Morrel de quoi payer ses dettes, le sauvant ainsi de la faillite et du suicide.

CHAPITRES XXI-XXXVIII

Dantès prend le nom de Monte-Cristo. Dix ans plus tard, il fait la connaissance du jeune baron Franz d'Épinay et du fils de Fernand Mondego, le vicomte Albert de Morcerf. Il prend les deux jeunes gens sous son aile et permet à Albert d'échapper à un kidnapping. En échange, Monte-Cristo demande au fils Morcerf de l'introduire dans la bonne société parisienne.

CHAPITRES XXXIX-XLV

Monte-Cristo est reçu chez les Morcerf où il retrouve le fils Morrel, Maximilien, qu'il apprécie. Albert présente le comte à ses parents : Fernand ne le reconnait pas, contrairement à Mercédès, qui est terrifiée.

Monte-Cristo achète une maison à Auteuil qui appartenait à la belle-mère de Villefort. Son intendant, Bertuccio, lui raconte qu'un jour il a découvert une boite que Villefort venait d'enterrer dans le jardin ; elle contenait un bébé, toujours en vie. Il l'a élevé, le nommant Benedetto, mais l'enfant a mal tourné. Bertuccio révèle également qu'il a vu Caderousse assassiner le bijoutier à qui il venait de vendre le diamant de l'abbé Busoni.

CHAPITRES XLVI-LII

Monte-Cristo se rend à la banque de Danglars et lui demande de lui ouvrir un crédit illimité. Il déploie des ruses pour approcher la famille de Villefort et sauve son fils : celui-ci vient le remercier.

Maximilien Morrel entretient un amour secret avec la fille de Villefort, Valentine, elle-même promise à Franz d'Épinay.

CHAPITRES LIII-LXI

Haydée, l'esclave que Monte-Cristo a rachetée, reconnait en Fernand de Morcerf l'homme qui a trahi son père, Ali Pacha, et qui l'a vendue en esclavage.

Alors que le jeune Albert de Morcerf rechigne à épouser la fille de Danglars, Valentine de Villefort et Maximilien sont en plein trouble : le fiancé, Franz d'Épinay, annonce son retour. Le grand-père de Valentine, Noirtier, paralysé, promet de tout faire pour éviter le mariage.

Monte-Cristo manœuvre pour faire perdre un million à Danglars.

CHAPITRES LVII-LXV

Monte-Cristo donne une réception à sa maison d'Auteuil. Bertuccio reconnait en Mme Danglars l'ancienne amante de Villefort et donc la mère de Benedetto, lui-même présent sous l'identité d'un prince italien, Cavalcanti. Monte-Cristo raconte alors à ses invités, sous la forme d'un conte anodin, la véritable histoire des amants et du bébé. Mme Danglars et Villefort sont troublés.

CHAPITRES LXVI-LXXV

Lors d'un bal, Mercédès et Monte-Cristo discutent sans parler explicitement de leur passé.

Maximilien propose à Valentine de s'enfuir, mais la grand-mère, Mme de Saint-Méran, décède, et Valentine renonce à leur projet. Le médecin soupçonne la vieille dame d'avoir été empoisonnée. Franz d'Épinay vient signer le contrat de mariage, mais Noirtier empêche l'union en révélant qu'il est le tueur du père de Franz.

CHAPITRES LXXVI-LXXXIII

Haydée raconte comment son père, Ali Pacha, le chef d'État grec de Janina, fut trahi par son bras droit, un soldat français qui le livra aux Turcs et assassina toute sa famille. Seule Haydée fut vendue en esclavage puis rachetée par Monte-Cristo. Le lendemain, un article rapportant la trahison désigne implicitement Fernand de Morcerf comme coupable.

Après un nouvel empoisonnement visant Noirtier, le médecin soupçonne Valentine d'être la coupable.

Caderousse et Benedetto s'allient pour cambrioler la demeure de Monte-Cristo, mais celui-ci, déguisé en abbé Busoni, intercepte Caderousse. Il le laisse s'échapper tout en sachant que Benedetto va l'éliminer. Alors qu'il agonise, Monte-Cristo lui révèle son identité.

CHAPITRES LXXXIV-XCII

Une enquête est ouverte sur les agissements de Morcerf, pendant laquelle Haydée témoigne : Morcerf est reconnu coupable. Albert jure de tuer le responsable de ces révélations et provoque donc le comte en duel. Mercédès rend visite à Monte-Cristo : il lui raconte comment Fernand l'a dénoncé des années auparavant. Mercédès exprime son amour indéfectible pour Edmond Dantès, le suppliant d'épargner son fils. Monte-Cristo promet de se laisser tuer à sa place. Mais Albert vient lui présenter ses excuses : Mercédès lui a tout raconté. Il décide alors de quitter Paris avec sa mère. Le comte offre de l'argent à son ancienne promise, argent qu'elle accepte afin d'entrer au couvent. Monte-Cristo réalise qu'il aime Haydée, comme il a autrefois aimé Mercédès. Fernand exige des explications : le comte lui révèle alors son identité. Fernand s'enfuit, terrorisé, et se suicide.

CHAPITRES XCIII-CIII

Valentine se plaint d'un malaise et s'écroule. Maximilien se précipite alors chez Monte-Cristo qui accepte de l'aider quand il apprend leur amour. Le médecin confirme que la jeune fille a été empoisonnée.

Danglars oblige sa fille Eugénie à se marier avec Cavalcanti car, au bord de la faillite, il a besoin de sa fortune. Le jour du mariage, Monte-Cristo menace de révéler la vérité sur l'idée de Cavalcanti, et celui-ci prend la fuite. Eugénie s'enfuit en Belgique afin d'échapper au joug masculin. Benedetto est arrêté.

Valentine, très malade, est sauvée par le comte. Elle réalise que c'est sa belle-mère qui essaie de la tuer : Monte-Cristo lui explique qu'elle veut s'approprier son héritage pour son propre fils, Édouard. Il fait ensuite avaler une pilule à la jeune fille : le lendemain, elle semble morte.

CHAPITRES CIV-CXIII

Monte-Cristo extorque cinq-millions supplémentaires à Danglars, le mettant dans l'impossibilité d'honorer ses propres dettes. Le banquier prend la fuite.

Monte-Cristo révèle qu'il est Edmond Dantès à Maximilien et fait promettre au jeune homme, désespéré par la mort de sa bienaimée, de ne pas mettre fin à ses jours avant un mois.

Villefort annonce à sa femme qu'il sait qu'elle est la meurtrière et lui demande de mettre fin à ses jours. À son procès, Benedetto révèle l'histoire de sa naissance : Villefort, dévasté, reconnait les faits. Il constate que Mme de Villefort s'est bien suicidée mais qu'elle a aussi tué leur fils Édouard, puisqu'une bonne mère ne part pas sans son fils. L'abbé Busoni lui apprend qu'il est Edmond Dantès. Villefort lui montre les corps et lui demande si sa vengeance est complète : le comte doute pour la première fois du bienfondé de sa démarche. Il quitte Paris.

CHAPITRES CXIV-CXVII

En Italie, Danglars prévoit de se refaire avec cinq-millions de francs, mais il est capturé par un bandit qui agit sous les ordres du comte de Monte-Cristo. Il exige des sommes considérables pour le nourrir : Danglars est presque ruiné. Une voix lui demande s'il regrette ses actes, le banquier le jure. Monte-Cristo lui révèle alors qu'il est Dantès, avant de le laisser partir.

Maximilien, toujours désireux de mourir pour Valentine, retrouve le comte. La jeune fille apparait alors, sortie de son long coma. Monte-Cristo teste Haydée, et celle-ci confirme que son amour est désintéressé : le comte est enfin heureux. Il lègue à Maximilien tous ses biens français.

ÉTUDE DES PERSONNAGES

EDMOND DANTÈS
OU LE COMTE DE MONTE-CRISTO

Edmond Dantès est, au début du roman, un « jeune homme de 18 à 20 ans, grand, svelte, avec de beaux yeux noirs et des cheveux d'ébène » (p. 4). C'est un être entièrement positif : gentil et intelligent, il respecte les valeurs traditionnelles, et tout lui réussit. Sa bonté le pousse même à apprécier ceux qui jalousent sa bonne fortune. Son caractère naïf tend vers la caricature.

Le personnage que l'on retrouve à sa sortie de prison n'a plus rien à voir avec le jeune Dantès. En témoigne son symbolique changement d'identité et d'apparence. La trahison et l'injustice dont il a été victime le poussent à ressasser des sentiments haineux. Sa relation avec l'abbé Faria symbolise le dernier lien qui le rattache à l'humanité, mais, à la mort de celui-ci, il n'hésite pas, malgré sa peine, à l'utiliser. Le comte de Monte-Cristo est alors entièrement dominé par son désir de vengeance et laisse derrière lui, en même temps que son ancien nom, tout ce qui caractérisait l'homme qu'il était avant son emprisonnement. À ses yeux, le monde se divise désormais en deux catégories d'êtres : ceux qui l'ont trahi et ceux qui l'ont soutenu. Il représente ainsi l'archétype du vengeur dans la littérature. Sa vision manichéenne de l'existence ne semble se dissiper que lorsqu'il parvient à retrouver son amour perdu en la personne d'Haydée.

MERCÉDÈS

Mercédès est une jeune Catalane de 17 ans au début du roman. Orpheline, elle vit dans la pauvreté, mais elle est particulièrement fière et d'une grande beauté. Son existence est dominée par son amour pour Edmond Dantès. Elle est l'une des victimes les plus atteintes par le complot contre Dantès : le croyant mort, elle se résigne à une vie qui lui déplait en épousant Fernand Mondego. Elle est alors rongée par les remords et la nostalgie. Aux yeux de Dantès, sa résignation et sa passivité constituent une trahison qu'il cherche à punir, tout en continuant à l'aimer malgré tout.

Mercédès fait pourtant preuve d'un certain courage, d'abord en affrontant le comte de Monte-Cristo, puis en renonçant à son mari et à ses richesses lorsqu'elle apprend le rôle qu'a joué Fernand dans l'emprisonnement de Dantès. Il ne lui reste dès lors plus rien, si ce n'est son amour pour son fils Albert. Sa souffrance et son dénuement finaux font d'elle l'un des personnages les plus punis dans le roman, alors que sa seule faute fut de désespérer et de se résigner.

L'ABBÉ FARIA

L'abbé Faria est un prêtre italien condamné pour ses idées politiques. Il rencontre Edmond Dantès en prison alors qu'il tentait de creuser un tunnel pour s'enfuir du château d'If. C'est un homme sage et cultivé, qui se prend d'amitié pour le jeune Edmond. Il lui apprend tout ce qu'il sait : c'est grâce à lui que Dantès s'élève intellectuellement et spirituellement. L'abbé lui offre aussi un nouveau départ : héritier d'un trésor, il le lègue à Edmond lorsqu'il meurt d'une attaque cérébrale. Dantès prendra alors sa place sur le linceul et s'enfuit vers l'ile de Monte-Cristo, où il récupèrera son trésor.

FERNAND DE MORCERF (MONDEGO)

Fernand Mondego est, au début du roman, dominé par son amour pour sa cousine Mercédès. Humilié par ses rebuffades et extrêmement jaloux de l'amour passionnel de la jeune fille pour Edmond Dantès, il se laisse manipuler par Danglars qui le pousse à trahir le jeune capitaine. Son rival lâchement éliminé, Fernand s'arrange pour consoler la fiancée éplorée et parvient à ses fins. Après avoir obtenu Mercédès, Mondego utilise à nouveau la trahison pour s'enrichir : il trahit en effet Ali Pacha et sa famille d'une façon abominable, ce qui lui permet de devenir puissant et d'acquérir le titre de comte de Morcerf. Fernand de Morcerf représente le pouvoir de la force armée, mais il ne triomphera pas longtemps. Le comte de Monte-Cristo trouve en effet Haydée, la libère et l'amène à témoigner contre Morcef. Déclaré coupable, ce dernier ne supporte pas cette humiliation et se suicide.

VILLEFORT

Gérard de Villefort est, au début du roman, le substitut du procureur du roi. Il est âgé de 27 ans et est décrit comme un homme ouvert et séduisant : « Avec ses yeux bleus, son teint mat et ses favoris noirs qui encadraient son visage, c'était véritablement un élégant jeune homme. » (p. 61) Mais ce physique avenant cache un être opportuniste et ambitieux : malgré les engagements bonapartistes de son père, Villefort est parvenu à accéder à un poste important de la magistrature grâce à ses appuis royalistes. Il est donc prêt à tout pour protéger sa propre carrière : trahir les convictions de son père ou envoyer un innocent en prison à vie. Il apparait comme un homme inflexible, et gouverné par la stratégie et la raison : « Il épousait une jeune et belle personne qu'il aimait, non pas passionnément, mais avec raison, comme un substitut du procureur du roi peut aimer. » (p. 63) Lorsque Monte-Cristo le retrouve, il est plus ambitieux que jamais. Le personnage de Villefort incarne le pouvoir de la justice.

À la fin du roman, il découvre que sa femme empoisonne les membres de sa belle-famille un par un, afin que son fils soit le seul héritier. Il lui ordonne de se tuer, et celle-ci s'exécute mais pas avant d'avoir empoisonné leurs fils. Villefort montre à Monte-Cristo le cadavre de son enfant avant de perdre la raison. La mort de cet enfant marquera, pour Monte-Cristo, le début de la remise en question de sa mission vengeresse.

DANGLARS

Danglars est, au début du roman, un jeune homme de 26 ans. Jaloux de Dantès, c'est un être avide et impitoyable. Comptable à bord du *Pharaon*, il est uniquement préoccupé par la richesse et n'hésite pas à sacrifier froidement le jeune Dantès afin d'obtenir sa place de capitaine. Il parvient à se frayer un chemin vers le pouvoir et, devenu baron, il obtient un poste de banquier important. Lorsqu'il fait faillite, il sacrifie immédiatement sa fille Eugénie, qu'il vend littéralement au soi-disant prince Cavalcanti pour sauver sa propre fortune. Son existence entière, ainsi que ses actes, sont motivés par la cupidité : même confronté à la famine lorsqu'il est capturé par un bandit, il ne conçoit pas de se séparer de son argent. Le baron Danglars représente le pouvoir de l'argent.

CADEROUSSE

Caderousse est un voisin de Dantès. Il est là lorsque Danglars et Montego complotent contre son ami, mais il ne participe pas vraiment à la trahison : s'il ne veut pas de mal à Edmond, il n'a pourtant pas le courage de le protéger. C'est un homme lâche et avare qui, cependant, ne fera jamais fortune, à l'inverse de ses comparses. Il essaiera de voler Monte-Cristo, mais le comte le prendra sur le fait et il sera finalement tué par son complice Cavalcanti.

LES MORREL

Morrel est l'armateur du navire *Le Pharaon*, dont il souhaite que Dantès devienne le capitaine. C'est un homme bon et honnête : lorsqu'Edmond est jeté en prison, il s'occupe de son père. Celui-ci lui en sera reconnaissant : lorsqu'il découvre qu'il est ruiné, il élabore un plan pour l'aider financièrement.

Maximilien Morrel, son fils, est aussi courageux et honnête que son père. Dantès l'aime presque comme un fils : quand il découvre qu'il est amoureux de Valentine de Villefort, il fait tout pour l'aider, alors qu'elle est la fille de son ennemi.

Il empêchera Maximilien de se suicider lorsque celui croit la jeune femme morte : il les sauve tous les deux et leur lèguera une partie de sa fortune.

HAYDÉE

Haydée est la fille d'Ali Pachi, le gouverneur de Janina. Elle est vendue comme esclave par Mondego, qui a trahi et tué son père. Dantès l'achète pour ses services puis tombe amoureux d'elle : elle l'aide à retrouver son humanité.

CLÉS DE LECTURE

UN ROMAN HISTORIQUE

Avec *Le Comte de Monte-Cristo*, Alexandre Dumas se lance dans une véritable fresque historique. L'intrigue, fictive, est en effet mêlée à des évènements marquants du XIX siècle : l'élément perturbateur du roman est directement lié au contexte politique de l'époque.

Le récit débute en 1814. Après quinze ans de règne en tant qu'empereur des Français, Napoléon Bonaparte est déchu de ses fonctions et contraint de s'exiler sur l'ile d'Elbe. Le roi Louis XVIII prend alors les rênes du pouvoir. C'est à ce moment-là que le jeune Dantès se rend à Paris sur les ordres du défunt capitaine du *Pharaon* afin d'y récupérer une lettre et qu'il pose, sans le savoir, les jalons de sa disgrâce. Il règne alors en France un vif climat de rivalité entre les bonapartistes et les royalistes : les nostalgiques de l'Empire sont traqués et considérés comme des menaces pour le Gouvernement royal. La visite d'Edmond en territoire ennemi est donc le déclencheur des représailles dont il est victime puisqu'il est accusé de comploter pour le retour de Napoléon Bonaparte. La lettre qu'il était chargé de porter à Paris annonce d'ailleurs ce coup d'État : Napoléon marche sur Paris en mars 1815 et s'empare du pouvoir. Débute alors la période des Cent-Jours à laquelle Dumas consacre un chapitre, avant un nouveau retour à la monarchie. Le lecteur est ainsi plongé dans l'Histoire. Il a une vue d'ensemble des différents évènements géopolitiques de l'époque : le commerce maritime en plein essor, les guerres d'Orient, le contexte politique français, etc.

Bien qu'il s'agisse d'une fiction, l'intrigue elle-même est inspirée d'un fait réel : le destin d'Edmond Dantès prend ses racines dans l'histoire de Pierre Picaud, un jeune homme injustement accusé d'espionnage par trois de ses amis alors qu'il était sur le point d'épouser sa fiancée. À sa sortie de prison, il s'empare d'un trésor et revient se venger de ceux qui l'ont trahi. Le parcours du comte de Monte-Cristo est clairement calqué sur celui de cet homme, connu du public lors de la publication du roman.

L'enracinement de l'intrigue dans des faits historiques au début de l'œuvre, ainsi que la parenté du héros avec une victime de fait divers, assurent une apparence de réalisme au récit bien qu'il s'agisse évidemment d'une fiction parfois teintée de surnaturel (le comte ressemble à un vampire, se déplace à une vitesse étonnante et sans bruit, et même les bandits qu'il emploie semblent vampirisés, car ils lui obéissent au doigt et à l'œil). En effet, pour Dumas, l'histoire n'est jamais qu'« un clou auquel [il] accroche [s]es romans ».

LA JUSTICE ET SES LIMITES

Le Comte de Monte-Cristo offre une vision défaillante de la justice humaine, « figure aux sombres façons » (p. 67). La machination dont est victime Edmond Dantès est en effet doublement injuste : il est non seulement victime d'une dénonciation calomnieuse, mais également d'un jugement arbitraire. La vie de ce personnage est continuellement sacrifiée pour des intérêts personnels. Dumas propose une véritable satire du système judiciaire de l'époque ; en témoignent les pensées qu'il prête à Danglars : « Il n'y a donc que le cas où la justice relâcherait Dantès ? Oh ! mais, ajouta-t-il avec un sourire, la justice est la justice, et je m'en rapporte à elle. » (p. 52) Il apparait donc rapidement dans le roman que Dantès ne doit nullement compter sur la justice française pour rétablir la vérité. On s'aperçoit également qu'il n'existe pas plus de justice divine : Caderousse souligne en effet que les mauvais ont été récompensés quand les bons sont punis.

Devant ce double échec, Dantès décide de rendre lui-même la justice. À ce titre, il s'assimile à Dieu, décidant du sort de son prochain. Il projette de récompenser ceux qui l'ont aidé et qui ont été lésés, comme M. Morrel, et de châtier ses bourreaux, à savoir Fernand, Danglars et Villefort. Seule Mercédès représente un cas à part à ses yeux, puisque, s'il considère qu'elle l'a trahi, il ne peut passer outre leur amour : il la punira autant qu'il la soutiendra. Le comte de Monte-Cristo professe donc la loi du talion et fait de sa méticuleuse vengeance son unique objectif : il fera souffrir ceux qui ont brisé sa vie, leur infligera une douleur digne de la sienne avant de provoquer leur mort.

Cette vision manichéenne de ses contemporains a pourtant ses failles : Monte-Cristo réalise finalement qu'une telle justice est tout aussi limitée, dès lors qu'il n'a pas l'omnipotence et l'omniscience divine. Des éléments échappent inévitablement à son contrôle et l'empêchent d'obtenir satisfaction : le comte en prend conscience lorsqu'il découvre la mort d'Édouard. Il ne va donc pas au bout de son dessein puisqu'il épargne finalement le baron Danglars. Monte-

Cristo accepte alors que son bonheur ne puisse s'accomplir dans la vengeance, mais plutôt dans l'amour qu'il parvient à ressentir à nouveau pour Haydée. À travers le parcours de ce personnage malmené, Dumas veut certainement démontrer qu'il est impossible à l'homme de se faire justice lui-même et qu'il doit se résigner à faire confiance à la justice divine.

UNE SATIRE
DE LA HAUTE SOCIÉTÉ FRANÇAISE

Le roman de Dumas offre une virulente satire de la société de son époque. L'auteur dépeint en effet toutes les tares inhérentes à son monde. Il est d'abord frappant de constater que les trois pouvoirs majeurs de l'État (l'argent, la force armée et la justice) sont incarnés par les ennemis de Monte-Cristo. Tous ont lâchement manœuvré pour arriver au pouvoir et tous s'en trouvent récompensés : Dumas sous-entend ainsi que leurs malversations passées sont effacées dès qu'ils atteignent un rang important. Les trois personnages sont gouvernés par leur seul intérêt personnel, et font preuve d'un opportunisme et d'un cynisme déconcertants : ainsi Villefort n'hésite pas à adhérer au clan royaliste pour faire carrière, et Lucien Debray, l'amant de Mme Danglars, utilise ostensiblement la femme du banquier pour satisfaire ses besoins financiers. Le lecteur découvre un monde où l'argent est roi. Le faux prince Cavalcanti incarné par Benedetto devient donc un parti désirable, et le comte de Monte-Cristo, dès lors qu'il est riche, intègre tous les cercles mondains, et personne ne s'interroge sur son mystérieux passé. Ce faisant, l'auteur démontre que toutes les valeurs humaines sont subverties par l'attrait de l'argent.

Alexandre Dumas met aussi en scène des personnages aux vertus sincères qui lui permettent d'accentuer la laideur de l'hypocrisie de la haute société. On trouve en effet dans ce monde parisien quelques figures attachantes qui sont littéralement noyées par les vices de leur entourage. Ainsi, Valentine de Villefort comme Eugénie Danglars, toutes deux indépendantes d'esprit et désintéressées, sont sacrifiées sur l'autel des ambitions paternelles et contraintes de s'exiler. Albert de Morcerf fait preuve, quant à lui, de dignité et de loyauté dans l'adversité. Ces victimes sont, symboliquement, toutes incarnées par la progéniture des bourreaux d'Edmond Dantès, ce qui offre une note d'espoir dans le monde cynique dépeint par l'auteur. Le roman s'achève par ailleurs sur une morale positive : la société mondaine et ses acteurs sont châtiés, quand le désintéressement et la pureté de l'amour sont récompensés, bien qu'il soit pour cela nécessaire de quitter Paris. Dumas démontre ainsi dans *Le Comte de Monte-Cristo* que la haute société française véhicule des valeurs corrompues et qu'il est nécessaire de s'en extraire.

UN PERSONNAGE MYTHIQUE

Le Comte de Monte-Cristo est fondé sur une histoire vraie, celle de Pierre Picaud, mais on peut aussi reconnaitre chez Monte-Cristo l'influence de Vautrin, un personnage de Balzac issue des *Illusions perdues* (1843) qui s'est lui aussi s'évadé de prison. Vautrin, tout comme le comte, est un être diaboliquement intelligent et cynique qui n'hésite pas à se déguiser en abbé pour arriver à ses fins. Pourtant, si ces deux personnages se ressemblent, ils diffèrent sur un point important : Vautrin est un personnage réaliste, alors que Dumas confère à son héros une dimension mythique.

En effet, le comte porte en lui quelque chose de mythique et d'irréel. Il possède une intuition et un raisonnement très développé, ainsi qu'une culture bien supérieure aux autres : « Dantès avait une mémoire prodigieuse, une facilité de conception extrême : la disposition mathématique de son esprit le rendait apte à tout comprendre. » (chapitre XVII) Il suscite l'effroi ou l'admiration chez les gens. Il possède d'ailleurs des qualités issues de héros mythologiques : comme le dieu Protée, par exemple, il change régulièrement de « forme », notamment grâce à ses déguisements.

Protée

Dans la mythologie grecque, Protée est une divinité marine, qui a reçu de Poséidon, dieu de la mer et des océans, le don de changer de forme à volonté et de prédire l'avenir.

Le comte de Monte-Cristo possède une essence mythique, car il est insaisissable : il change de forme en permanence. Il joue une multitude de personnages et se donne plusieurs avatars : Lord Wilmore, un noble anglais excentrique ; l'abbé Busoni, en qui il se déguise ; Sinbad le marin, dont il prend le nom pour sauver Morrel de la faillite, etc. Même son propre nom, le comte de Monte-Cristo, n'est qu'une invention. Il apparait également comme un bandit, un vampire (chapitre XXXV) puis comme un bienfaiteur. C'est un personnage multiforme, qui a aussi le don d'apparaitre et disparaitre très rapidement. Il semble irréel, abstrait.

Le comte s'apparente aussi à une autre figure mythique, celle du phénix. En effet, suite à la trahison dont il a été victime, Edmond est à l'image d'un mort : il n'a plus de vie ni d'avenir. Son entrée au château d'If signe sa séparation avec le monde et donc sa mort symbolique, puisqu'il y restera cloitré pendant quatorze ans (« Il habitait depuis si longtemps une tombe qu'il pouvait bien se regarder comme mort », chapitre XIV). Mais il finira par renaitre, grâce notamment à l'abbé Faria et à ses enseignements qui lui offrent de nouvelles perspectives, une nouvelle vie :

> « Dantès écoutait chacune de ses paroles avec admiration : [...] [elles] touchaient à des choses inconnues, et comme des aurores boréales qui éclairent les navigateurs dans les latitudes australes, montraient au jeune homme des paysages et des horizons nouveaux, illuminés de lueurs fantastiques. » (chapitre XVII)

Edmond passe, grâce au savoir qu'il intègre, de l'innocence à la connaissance. De la même manière, son corps se métamorphose pendant sa captivité : « Ces quatorze années de prison avaient pour ainsi dire apporté un grand changement moral dans sa figure » (chapitre XXII), au point qu'il ne « se reconnaissait même plus lui-même » (*ibid.*).

Sa renaissance est totale lorsqu'il s'enfuit et qu'il se jette à la mer, un fait que l'on pourrait interpréter comme une sorte de baptême, puisqu'à la suite de cet épisode il se nomme lui-même comte de Monte-Cristo.

Plus intelligent, plus riche et plus déterminé, il devient un autre homme. Alors qu'il forme le plan de sa vengeance, il entend faire justice lui-même. Il abandonne son humanité (« Adieu bonté, humanité, reconnaissance... Adieu à tous les sentiments qui épanouissent le cœur ! », chapitre XXX), et se substitue à la providence pour punir et récompenser ceux qui le mérite (« Je me suis substitué à la Providence pour récompenser les bons... que le Dieu vengeur me cède sa place pour punir les méchants ! », *ibid.*).

LE RETOUR À L'HUMANITÉ

La puissance vengeresse du comte est à son paroxysme et l'on s'attend à ce qu'il triomphe, pourtant le récit bascule subtilement vers le retour à l'humanité du comte. Monte-Cristo abandonne en effet peu à peu sa démesure et sa puissance vengeresse en redécouvrant les sentiments « qui épanouissent le cœur », notamment auprès de Maximilien, qui devient pour lui une sorte de fils spirituel. Ce dernier est le premier à faire sortir le comte de son rôle de vengeur impitoyable, en lui faisant l'aveu de son amour pour Valentine. Le comte est, au début, scandalisé, puisqu'il s'agit de la fille de Villefort, « une race maudite » (chapitre CIV). Mais Maximilien finit par le convaincre de l'aider, ce qui marque le début du retour à la conscience pour le comte. À la mort d'Édouard, tué par sa propre mère Mme de Villefort, le comte réalise pleinement les limites de la justice divine. Il abandonne alors sa vengeance (en épargnant Danglars), mais aussi sa fortune ainsi que sa solitude puisqu'il assume son amour pour Haydée. C'est la fin du mythe et le retour à la réalité : il redevient un personnage réaliste en renonçant à sa démesure et à sa puissance mythique, et en acceptant enfin d'être apaisé.

Dumas, en faisant de son héros un véritable mythe, mais aussi un personnage universel, connu de tous, a donné à celui-ci une certaine éternité.

PISTES DE RÉFLEXION

QUELQUES QUESTIONS POUR APPROFONDIR SA RÉFLEXION...

- Comment le thème du suicide est-il abordé par Dumas ?
- En quoi peut-on voir dans le parcours d'Edmond Dantès l'itinéraire inverse de celui qu'on attend d'un héros de roman d'apprentissage ?
- Comment l'auteur assimile-t-il la vie en prison à la mort ?
- À quels personnages mythiques le comte s'apparente-t-il ?
- Expliquez en quoi le choix des différentes identités de Monte-Cristo révèle divers aspects de sa personnalité.
- En quoi le rôle de l'abbé Faria, bien qu'insignifiant en apparence, est-il capital dans le déroulement de l'intrigue ?
- Les derniers mots de Dantès à Maximilien sont : « Attendre et espérer ! » Comment cet adage s'applique-t-il rétrospectivement à l'ensemble du roman ?
- Comment l'attirance romantique pour l'exotisme se manifeste-t-elle dans le roman ?
- En quoi peut-on voir une parenté entre *Le Comte de Monte-Cristo* et le roman gothique ?
- Comment la forme initiale du roman (le roman-feuilleton) a-t-elle des répercussions sur le style l'œuvre ?

Votre avis nous intéresse !
Laissez un commentaire sur le site de votre librairie en ligne
et partagez vos coups de cœur sur les réseaux sociaux !

POUR ALLER PLUS LOIN

ÉDITION DE RÉFÉRENCE

- Dumas A., *Le Comte de Monte-Cristo*, Paris, Gallimard, coll. « Folio classique », 2010.

ADAPTATIONS

Le roman d'Alexandre Dumas a inspiré de nombreuses adaptations depuis 1918. On peut retenir les versions suivantes :

- *Le Comte de Monte-Cristo*, film de Robert Vernay, avec Jean Maris, Lia Amanda, Roger Pigault et Jacques Castelot, France, 1954.
- *Le Comte de Monte-Cristo*, feuilleton télévisé de Josée Dayan, avec Gérard Depardieu, Ornella Muti, Jean Rochefort, Pierre Arditi et Michel Aumont, France, 1998.
- *La Vengeance de Monte-Cristo*, film de Kevin Reynolds, avec Jim Caviezel, Dagmara Dominczyk, Guy Pearce et James Frain, États-Unis et Grande-Bretagne, 2002.

SUR LEPETITLITTÉRAIRE.FR

- Fiche de lecture sur *Les Trois Mousquetaires* d'Alexandre Dumas.
- Fiche de lecture sur *Pauline* d'Alexandre Dumas.

Retrouvez notre offre complète sur lePetitLittéraire.fr

- des fiches de lectures
- des commentaires littéraires
- des questionnaires de lecture
- des résumés

ANOUILH
- Antigone

AUSTEN
- Orgueil et Préjugés

BALZAC
- Eugénie Grandet
- Le Père Goriot
- Illusions perdues

BARJAVEL
- La Nuit des temps

BEAUMARCHAIS
- Le Mariage de Figaro

BECKETT
- En attendant Godot

BRETON
- Nadja

CAMUS
- La Peste
- Les Justes
- L'Étranger

CARRÈRE
- Limonov

CÉLINE
- Voyage au bout de la nuit

CERVANTÈS
- Don Quichotte de la Manche

CHATEAUBRIAND
- Mémoires d'outre-tombe

CHODERLOS DE LACLOS
- Les Liaisons dangereuses

CHRÉTIEN DE TROYES
- Yvain ou le Chevalier au lion

CHRISTIE
- Dix Petits Nègres

CLAUDEL
- La Petite Fille de Monsieur Linh
- Le Rapport de Brodeck

COELHO
- L'Alchimiste

CONAN DOYLE
- Le Chien des Baskerville

DAI SIJIE
- Balzac et la Petite Tailleuse chinoise

DE GAULLE
- Mémoires de guerre III. Le Salut. 1944 1946

DE VIGAN
- No et moi

DICKER
- La Vérité sur l'affaire Harry Quebert

DIDEROT
- Supplément au Voyage de Bougainville

DUMAS
- Les Trois
  Mousquetaires

ÉNARD
- Parlez-leur
  de batailles,
  de rois et
  d'éléphants

FERRARI
- Le Sermon sur la
  chute de Rome

FLAUBERT
- Madame Bovary

FRANK
- Journal
  d'Anne Frank

FRED VARGAS
- Pars vite et
  reviens tard

GARY
- La Vie devant soi

GAUDÉ
- La Mort du
  roi Tsongor
- Le Soleil des
  Scorta

GAUTIER
- La Morte
  amoureuse
- Le Capitaine
  Fracasse

GAVALDA
- 35 kilos d'espoir

GIDE
- Les
  Faux-Monnayeurs

GIONO
- Le Grand
  Troupeau
- Le Hussard
  sur le toit

GIRAUDOUX
- La guerre de
  Troie
  n'aura pas lieu

GOLDING
- Sa Majesté des
  Mouches

GRIMBERT
- Un secret

HEMINGWAY
- Le Vieil Homme
  et la Mer

HESSEL
- Indignez-vous !

HOMÈRE
- L'Odyssée

HUGO
- Le Dernier Jour
  d'un condamné
- Les Misérables
- Notre-Dame
  de Paris

HUXLEY
- Le Meilleur
  des mondes

IONESCO
- Rhinocéros
- La Cantatrice
  chauve

JARY
- Ubu roi

JENNI
- L'Art français
  de la guerre

JOFFO
- Un sac de billes

KAFKA
- La Métamorphose

KEROUAC
- Sur la route

KESSEL
- Le Lion

LARSSON
- Millenium I. Les
  hommes qui
  n'aimaient pas
  les femmes

LE CLÉZIO
- Mondo

LEVI
- Si c'est un
  homme

LEVY
- Et si c'était vrai…

MAALOUF
- Léon l'Africain

MALRAUX
- La Condition humaine

MARIVAUX
- La Double Inconstance
- Le Jeu de l'amour et du hasard

MARTINEZ
- Du domaine des murmures

MAUPASSANT
- Boule de suif
- Le Horla
- Une vie

MAURIAC
- Le Nœud de vipères

MAURIAC
- Le Sagouin

MÉRIMÉE
- Tamango
- Colomba

MERLE
- La mort est mon métier

MOLIÈRE
- Le Misanthrope
- L'Avare
- Le Bourgeois gentilhomme

MONTAIGNE
- Essais

MORPURGO
- Le Roi Arthur

MUSSET
- Lorenzaccio

MUSSO
- Que serais-je sans toi ?

NOTHOMB
- Stupeur et Tremblements

ORWELL
- La Ferme des animaux
- 1984

PAGNOL
- La Gloire de mon père

PANCOL
- Les Yeux jaunes des crocodiles

PASCAL
- Pensées

PENNAC
- Au bonheur des ogres

POE
- La Chute de la maison Usher

PROUST
- Du côté de chez Swann

QUENEAU
- Zazie dans le métro

QUIGNARD
- Tous les matins du monde

RABELAIS
- Gargantua

RACINE
- Andromaque
- Britannicus
- Phèdre

ROUSSEAU
- Confessions

ROSTAND
- Cyrano de Bergerac

ROWLING
- Harry Potter à l'école des sor-ciers

SAINT-EXUPÉRY
- Le Petit Prince
- Vol de nuit

SARTRE
- Huis clos
- La Nausée
- Les Mouches

SCHLINK
- Le Liseur

SCHMITT
- La Part de l'autre
- Oscar et la
  Dame rose

SEPULVEDA
- Le Vieux qui
  lisait des romans
  d'amour

SHAKESPEARE
- Roméo et Juliette

SIMENON
- Le Chien jaune

STEEMAN
- L'Assassin
  habite au 21

STEINBECK
- Des souris et
  des hommes

STENDHAL
- Le Rouge et
  le Noir

STEVENSON
- L'Île au trésor

SÜSKIND
- Le Parfum

TOLSTOÏ
- Anna Karénine

TOURNIER
- Vendredi ou
  la Vie sauvage

TOUSSAINT
- Fuir

UHLMAN
- L'Ami retrouvé

VERNE
- Le Tour
  du monde
  en 80 jours
- Vingt mille
  lieues sous
  les mers
- Voyage au
  centre de
  la terre

VIAN
- L'Écume des jours

VOLTAIRE
- Candide

WELLS
- La Guerre des
  mondes

YOURCENAR
- Mémoires
  d'Hadrien

ZOLA
- Au bonheur
  des dames
- L'Assommoir
- Germinal

ZWEIG
- Le Joueur
  d'échecs

ISBN version numérique : 978-2-8062-2634-1
ISBN version papier : 978-2-8062-2636-5
Dépôt légal : D/2013/12603/119

Avec la collaboration de Pauline Coullet pour l'analyse des personnages de l'abbé Faria, de Caderousse, des Morrel et d'Haydée, ainsi que pour les chapitres « Un personnage mythique » et « Le retour à l'humanité ».

Conception numérique : Primento,
le partenaire numérique des éditeurs.

Ce titre a été réalisé avec le soutien de la Fédération Wallonie-Bruxelles, Service général des Lettres et du Livre.